KB057917

못과

숲

모시는 시인선 06

심규한 네 번째 시집

못과

숲

바닷가 강진에 내려와 쓴 시들이다.

1부는 과거와 현재의 내 삶이 담겨 있고,
2부는 학교에서 만난 이런저런 생각들이,
3부는 그 밖의 이야기들이 담겨 있다.

스승이 되어준 세상과 인연들이 고맙다.

나의 시

나에게 시란 세계와의 불화 속에 삶을 통합하는 길 찾기 과정이다. 그렇기 때문에 시는 삶의 여정이다. 삶의 경험 속에서 세계와 만나고 발견하고 깨달은 것들이 시의 주된 내용을 이루기 때문이다. 물론 내 시 안에도 즐거운 상상을 펼친 것들이 있고, 사회적 비판을 담은 것들도 있다. 시는 다양한 가지를 뻗는다. 하지만 그 몸통은 여전히 삶의 길찾기다.

그럴 때 중요한 것이 생명이다. 내가 생명이듯 존재하는 모든 것도 생명이다. 생명이 있다고 말할 때 나는 살아 있는 생물뿐 아니라 살아 있지 않다는 무생물까지도 포함해 말한다. 존재하는 모든 것들에 생명이 있다. 심지어 존재하지 않지만 말해진 모든 것에도 생명이 있다. 자동차, 연필 같은 물건도 그렇지만 사랑, 정의, 용, 도깨비에게도 생명이 있다. 높새, 하늬, 어스름, 뿌듯 같은 말에도 생명이 있다. 시인의 사명은 그런 생명들을 발견하고 살리고 소통하게 하여 세상 생명이 더

불어 조화롭게 살게 하는 것이라 생각한다. 모든 생명이 서로 의지하고 있기 때문이다.

시를 보통 언어의 집이라고 한다. 맞는 말이다. 시는 언어라는 재료를 가지고 생각과 상상을 사용해 존재를 새롭게 드러낸다. 나는 거미를 좋아한다. 거미가 허공에 실을 뽑아 집을 짓듯 나는 시를 쓴다. 거미가 바위와 비목과 풀잎을 연결해 집을 짓는다면, 나는 크로포트킨과 최제우와 철새를 연결해 시를 쓴다. 나는 그런 시의 원리를 동시성이라고 부른다. 만물은 시간과 공간을 초월해서 함께 존재할 수 있다. 생각, 기억, 상상을 통해서. 시에 의해 세상 모든 것은 그런 관계를 드러낼 수 있다.

생태주의는 나의 기본적 세계관이다. 세계와의 불화라는 개인의 실존적 불안은 개체가 환경 안에 다양한 관계를 맺으며 조화롭게 살아가는 삶을 지향하게 한다. 나는 세계를 탐구하고 생명과 만나는 것에 관심이 많다. 탐구하고 만나는 것들이 영감을 주어 시로 다시 태어난다. 내 시는 세상과 생명으로부터 받은 것을 되돌려주는 작업이기도 하다.

돌아보니 내 삶의 공간은 몇 년 주기로 변해 왔다. 그렇게 나는 세상을 옮겨 다니며 공부해 왔다. 제1시집(『돌멩이도 따스하다』, 2013)은 배낭여행으로 세계를 돌고 와 서울살이를 하며 쓴 시들이다. 나의 청년기가 담겨 있다. 형식과 내용면에서 다양한 시도들을 하며 다양한 세계를 다루려고 노력했다. 제2시집(『지금 여기』, 2016)은 서울살이를 정리하고 내성천변으로 귀촌해 살며 쓴 시들과 천성산에서 생태를 관찰하며 느끼고 깨달은 것들을 쓴 시들로 이루어졌다. 제3시집(『네가 시다』, 2020)은 천성산의 시들과 강진에 와 강진의 자연과 학교에 몸 담고 살며 쓴 시들이 함께 담겨 있다. 천성산은 나의 대학이었고 나는 천성산의 생명들에게 배웠다. 지금 나는 강진에서 배우고 가르치고 있다.

시와 내 삶은 어느 정도 일치한다. 삶이 지속되는 한 세계에 대한 탐구와 만남 그리고 그 안에서의 길 찾기 또한 지속될 것이다.

2022년 7월

차례

작가의 말 5

1부

2부

3부

1부

가볍지 아니한가

짊어지지 않은 사람 없다 밤을
고개 숙인 그대여
풀뿌리도 눈물을 흘린다
부서지는 갈대 잡고
오목눈이가 바람에 맞서는 것은
겨울이 짧아서가 아니다
봄까치꽃이 설탕같이 달콤한
꽃 피운 것도
개오줌 뒤집어쓰고
봄이 오는 것도 쉬워서가 아니다
뻘가에 앉아 물때 기다리는 노인처럼
받아들일 뿐이다
쉬운 것은 지구에 태어나 본 적이 없다
저녁을 마치고 걷는 어둠 속
변경의 밤하늘
오소소 소름 돋는 별들을 본다
가볍지 아니한가

나날 어느 하루

길고 긴 날들이 꼬리를 물고 이어지다
일순 보풀처럼 흩어졌다
너는 서 있었다 입술을 깨물고
눈물의 의미를 해독하기 전에
동백꽃 송이들이 쏟아졌다 방사능 같은 햇살
향기 없는 꽃은 없어
자세히 맡으면
네 맘에 없을 뿐이야
벽 따라 골목을 돌아 돌아 걷는 동안
말라붙은 개똥같은 딱정이에 땀이 앉았다
앵두나무 한 그루에 들어가 앵두를 따먹고 싶어
나날 어느 하루
개울소리가 햇볕을 흩뿌리고
쉼 없이 피아노 건반을 두르려댔다
짧은 연애 긴 고통
뚜벅뚜벅 페이지마다 지독하게
소중한 단어들을 배웠다
말은 탄성이고 비명이었다
일생의 일당을 치르며 알았다
하루가 가고 다시 하루가 가고

진실은 상처 아니면 기억할 수 없었다
시간이 통과한 자리마다 구멍이었다
저녁 바닷바람이 거셌다
열차를 놓치지 않기 위해 뛰었던 순간과
밤샘의 기다림과 찾아오던 아침과
속절없이 짙고 푸르렀던 숲의 울음과
찌개 끓듯 넘쳤던 순간들을
나는 살았다
나날 그 어느 하루를

지독한 사내

독재자와

그 수족이 지배하던 60년대 밑바닥

그는 군에서 낫 대신 운전대를 잡았다

담뱃값도 저축해 제대한 전설적 사내

종갓집 장손이었던 그가 고향을 떠난 것은

미래가 없었기 때문이다

맨밥에 굴뚝 높은 샘표간장을 비벼먹던 나날

기름기는 마가린이 전부였다

판잣집 셋방 하나 얻기 위해서였다

창동 모래내 엄마는 나를 강보에 싸놓고

밤늦도록 장갑을 뒤집고 수를 놓고 구슬을 꿰었다

졸음운전으로 교통사고가 잦았던 그를 위해

바람벽 앞에 남묘호렝게교를 부르기 시작했다

연탄가스 노랗게 얼룩꽃 피고 시름시름

시금치밭 너머 아지랑이가 끓어올랐다

영문을 알 수 없었다

학교도 모르는 아이에게 공부만하라고 다그쳤던 그

수없이 반복된 하면 된다 하면 된다 훈화 시간을

나는 격렬하게 증오했다

7번 20번 127번 버스운전을 하며 그는 자신의 목욕표를 모았다

한 달에 한번 가족이 모은 목욕표를 들고 우이동에 갔다
공일 아침엔 새벽차를 타고 돌아와 대문을 두드리며
내 이름을 크게 불렀다 창피했다
휴일엔 파자마를 입고 대문을 나섰다 창피했다
이발소라도 갈라치면 자식이 공부를 1등 했다고
거짓말을 했다 창피했다
143번을 마지막으로 퇴직할 땐
평생 모은 목장갑이 옷장에 넘쳤다
고향으로 돌아가 농사를 짓겠다던 그가
밖을 나갈 수 없는 나이가 되었을 때
서랍엔 주워 모은 나사와 볼펜과 거울과
공책이 까치둥지 속 같았다
휴일 어느 날 나는 그의 서랍을 뒤져
볼펜이며 드라이버를 챙긴다
소똥 개똥도 아까워하던 몰락한
청송 심씨 인수부윤공파 23대 소종손이 모았던
모래알 같은 시간을
소파에 앉아 소웃음 웃는 지독했던 한 사내의 삶을

반쯤 열린 혹은 닫힌

반쯤 열린 혹은 닫힌
문 혹은 벽 사이로
하수구 냄새가 흘러온다
어둠 속으로 흘러가는 소리가
어쩌면 바다까지 가서 고여 있을
왁자지껄한 소리들이
개켜진 지난 계절의 옷들처럼
더 이상 펼쳐보지 않는 흑백 사진처럼
쌓여 있다

반쯤 열린 혹은 닫힌
문 혹은 벽 사이로
어린 내가 뛰어간다
라디오 음악이 들리고
햇살이 커튼 사이로 반짝이며
미래의 나를 향해 웃고 있다
새들이 반짝인다 나뭇잎이 눈부시다

반쯤 열린 혹은 닫힌
문 혹은 벽 사이로

길들이 시작되고 얽히고
다시 돌아오는 걸 본다
거미에게 오래된 안부를 묻지만
검게 변한 거미는 입이 달라붙었다
반쯤 열린 혹은 닫힌
문 혹은 벽 사이로
스물스물 지네가 기어나간다

반쯤 열린 혹은 닫힌
문 혹은 벽 사이로
빗소리가 들리기 시작한다

고양이처럼

가난했지만
아무도 가난하지 않았다
쌍문동 정의여고 진성약국 사거리
아침에 이삼백 원 들고 나가
두부 한 모 콩나물 백 원어치 사오는 건 내 일이었다
다섯 식구 아침 찬이었다
고등어 한 토막은 손님 오는 날
소고기미역국은 아버지 생일날
공터에 찾아온 약장수의 차력 시범을 보고
회충약을 먹고 나온 회충이 휘도는 유리컵을 보고
충격을 받던 시절이었다
골목 벽을 수없이 때리던 구슬과 야구공과
야도를 외치는 아이들의 새된 함성 속에
모두가 가난했지만
나이키도 프로스펙스도 신어본 적 없지만
가난이 부끄럽다는 것을 알아가기 시작했지만
공책에 베끼던 베토벤이며 나폴레옹의 초상처럼
꿈은 작지 않았다
저 푸른 초원 위에 그림 같은 집을 짓고
사랑하는 우리 님과 한평생 살고 싶어

아이나 어른이나 마찬가지였다
모두가 가난했지만
아무도 가난하지 않았다
회충 때문에 비들비들 말라가던 시절에도
오즈의 마법사를 읽으며 피터팬을 보며
밤에는 하늘을 날아다녔다
우장춘 박사는 아니어도 사발에 볍씨농사를 짓고
자크의 콩나물 콩을 키웠다
빛나는 너트와 색색 단추들을 모으며
가난했지만 부유했던 시절이 가고 있었다 고양이처럼

희망

혼자 남겨진 내게

햇살이 쏟아졌지 거저 주라고
강이 노래했지 흘러가라고

바람이 불었네 풀들 스치며
하염없이 일렁였네

나무가 말했지
흔들리며 기다리라고

별이 말했지 유리창 두드리며
희망이라는 말

쑥개떡

오월의 나무가 술렁이며
겨드랑이 파고드는 바람에 일어설 때
생애는 짧고 만남은 미진하다

늙은 어미가 까매지도록 캐온
쑥가루와 쌀가루에 더운 물 부은 반죽
철퍼덕 소똥 같은 개떡

나는 청개구리
엄마 등에 달라붙는다

초록 초록 진초록 소똥
씹고 또 씹는다

바람이 대지의 풀꽃을 일으켜 세우는 동안
냠냠 개떡을 먹고 또 먹는다

철퍼덕 철퍼덕
아지랑이 고개 넘는 어미소 따르는 송아지처럼
진초록 소똥을 싼다

강진만

탐진강 하구 만조
바다가 멈춰 청자 빛 윤슬이 반짝인다
천국이 열린다

황포 돛배 나타나고
고려 적 버드나무 억새밭에는
백로와 게와 숭어가 뛰논다

우르릉우르릉 밀물 따라 추자도 멸배 들고
출렁출렁 썰물 따라 탐라 돛배 난 뒤
십 리 모래밭이 뜨거워진다

해변에 박힌 사금파리
실금이 갯골처럼 반짝인다
갯골 따라 햇살이 바다로 기어가는 저녁

잿빛 유약 반짝이는 뻘밭을
백로가 서성인다

제라늄

때로는 오열처럼 끓어오르는 시간을
창가에서
아무 일 없었던 듯 붉게 견뎌야 한다는 것을

어느 날 모든 것이 사막으로 변해버린 뒤에도
흐느낌으로
만발해야 한다는 것을

그러다가
글썽이는 햇살 아래 잠들기도 해야 한다는 것을

잠행

밤 10시
바이올린 소나타 울리는 고속버스터미널역 플랫폼
오백의 사람들이 서성인다
사평역의 눈꽃을 날리며 도착하는 열차를 기다리며
사백 개의 스마트폰엔
유튜브와 드라마와 웹툰이 눈송이처럼 반짝인다
풀밭 속 풀벌레 소리
별밤 무논의 개구리소리 무성하던 강진
꽃뱀을 물어 죽인 들고양이가
블록담 위에서 쳐다보고 있었다
반백의 나이로 연옥 연기 자욱한 보리들판 지나왔다
오백의 사람들이 오천의 사람들이
백만의 사람들이 천만의 사람들이
거미줄 이슬처럼 반짝인다
설탕처럼 달콤한 바코드비 내리는 터널
나는 어둠을 응시했다
확실한 것은 은행 잔고겠지만 과연
서울은 찬란하였다
천만 평 강진만 뻘밭 게들이
일제히 눈을 반짝이듯 별이 반짝인다

밤 10시 지하철역에 반짝이던 21세기 빛들이
환등기처럼 지나가고
너무 많은 거울들 속에서
세어버린 중년의 사내를 보았다
한때는 행복을 위해 살았고
한때는 의미를 위해 살았고
지금도 어둠 속 별을 좇는

사라진다

이슬처럼 태어나 서러웠다
어미의 젖을 물고 발로 차고 잘도 보챘다

그 무엇도 아프게 하고 싶지 않았지만
위선이었다
저녁이면 상처가 덧났다
길은 상처를 꼬맨 자국이었다

햇볕 뜨거운 여름 숲
그늘 속으로 걸어 들어가
건너를 본다

하염없이 펄럭이던 일기장들
불꽃처럼 피었다 사라지는 얼굴들
잔광이 인다

가문 땅에 떨어진 빗방울처럼
사라진다

꺼벙이

최근 나는 머리에 두 번째로 구멍이 났다
원형탈모다

어릴 땐 몰랐다 70년대 머리에 구멍 난 꺼벙이가
왜 자꾸 까먹고 꺼벙했는지
살아가기 위해 최선을 다했던 것이다

상월면 한천리 동네바보 흠만이 형이 죽기 전까지
나는 형이 제일 무서웠다

이해하기 전에 떠나간 것들이 너무 많다

나무에 물을 주다가

하우스에서 귤나무에 물을 주다가
가지가 부러졌다 귤 냄새가 났다
귤에서 귤나무 냄새가 났던 것이다

더덕이 비비 열 길을 꼬아가도
줄기며 잎꽃이 온통 뿌리 향기로 진동하는 것처럼
본질을 바꿀 순 없다

나무도 풀도 고양이도 개도
구름도 강물도 물냄새가 진동한다
지구도 태양도 별도

나는 누구의 향기인가
늙은 아버지는 어떤 슬픔에서 뻗은 가지인가
나를 기쁘게 하고 슬프게 하는 사람들은
모두 어디로 뻗은 가지인가
잎을 부벼 냄새를 맡는다

고투

바다 가운데 군함도의 지하갱에서
낮밤 없이 괭이를 찍던 사내는
어둠을 볼 틈조차 없었다 같은 시간
남양군도에서 열 명의 군인을 견뎌야했던
소녀에게 파도는 너무 높았다

알지 못했지만
그들도 새벽 별을 보았을 것이다
저마다의 독법으로
역사를 견디며
별이 되었을 것이다

풀잎은 이슬을 떨구며
한 번도 망설이지 않았으리라
자동차 지나간 아침의 아스팔트 위
달팽이가 횡단을 시작하고
갸르릉 풀숲 숨어 노려보던 고양이가
천천히 꼬리를 감아올렸다 내린다

나의 작은 나비하우스

제주는 아니지만 내가 사는 집
주인의 작은 하우스엔
귤나무 다섯 그루가 자란다
지난 겨울 아들로부터
나는 몇 십 상자의 귤이 열린다는 말을 들었다
하지만 올해
나는 몇 십 상자의 나방과 호랑나비를 키웠다
귤향에 취한 애벌레들이 만찬을 벌이는 동안
아침마다 열심히 물을 주었다
귤나무엔 모기와 섬서구와 여치와
배추흰나비와 푸른부전나비와 호랑나비가 가득했다
대체로 마당의 배나무는 직박구리와 까치가 먹고
사과며 매실도 마찬가지였다
그나마 풍성하던 감도 태풍에 태반이 떨어졌다
봉지로 열매를 싸지 않고
농약을 뿌리지도 않았다
새를 쫓지도 벌레를 잡지도 않았다
모두들 열심히 살았다
일찍이 나는 학교에서도
열매를 바라고 농사를 지어본 적 없다

부끄럽진 않다

동네 어른들이 혀를 끌끌 차면 미안할 뿐이다

먹지도 않는 두더지와 쥐와 꽃뱀을 잡아놓던

얼룩 고양이와 벌레와 나비와 나는

하늘과 별과 바람과 더불어 세들어 산다

귀

예쁜 귀를 갖고 싶다
그대 옷자락 소리만 들어도 붉어지는 귀
햇살이 스미듯 투명하게
속삭이는 그대의 입술을 보며
심장소리를 듣는 귀

졸졸 산골 물소리 안에
물푸레나무 뿌리의 향기를 느끼는 귀
멀리 구름이 밀려오고 밀려가는 소리를 듣는 귀
한낮에도 별들의 노래를 잊지 않고
멀리 반야봉의 바람소리를 듣는 귀

노인의 신음소리와
아이의 울음소리를 듣는 귀
가난한 사람들의 웃음소리를 사랑하고
요란한 텔레비전 소리 속에서도 아픈 사람 이야기를 담는 귀

모래톱에 앉아 바닷소리 듣는 소라같이
부드러운 귓바퀴 따라
기어 들어오는 모래알 소리들을

간직하고 싶다 어둠 속 달처럼
예쁜 귀를 갖고 싶다

파리

비가 오려는지
물큰 소똥 냄새가 몰려온다
상념처럼 파리 한 마리 오락가락한다
파리채를 잡았다
파리를 잡고 싶다
점방 과자봉지에 붙은 파리들을 툭툭
참으로 무심하게 잡는 할머니처럼
흔적을 남기고 싶지 않다
파리의 노고를 생각하면 슬픈 일이지만
아름다운 눈동자와
가냘프고 깨끗한 앞발을 생각하면 너무나 미안한 일이지만
탁!
파리를 잡고 앉아
한소끔 빗소리를 듣는다
상념이 다시 오락가락한다

누에

잠실 속
초록으로 한 배 가득 채운
누에가 세상을 알지 못한다 할지라도
파먹은 것이 어둠의 활자일지라도
몽상의 파편일지라도

삶은 중독이고
중독엔 뜻이 있다

마취 깬 아침
무지개 어린 은실 따위 아랑곳 않고
푸륵푸륵 날개 털며 더듬이 떨며
하늘을 날고 싶던 꿈

노을꽃밭

칠량집에서 해는 천관산에서 뜨고
덕룡산으로 졌다
그 사이 바다는 다 채우지 못한 사연을
비우고 또 비웠다

가을 오기 전
밤과 낮 사이 바다엔 날마다
구만리 노을꽃밭이 펼쳐졌다
나는 옥상에 올라가
선홍빛 예감에 휘감겨 펄럭였다
나이도 설움도 잊고 짐승처럼 견뎠다
천지가 들썩이게 개구리와 풀벌레가 울어댔다

여름이 가고
피할 수 없는 시련처럼 태풍이 휩쓸고 간 아침에는
칠량 앞바다가
청자빛으로 반짝였다

석산

추석 지나
모기가 겨드랑이로 파고들 무렵
남도의 저녁은 두 번 불붙는다

뭉개 뭉개 석산 홍염이
하늘의 내장까지 옮겨 붙으면
죽음도 가벼워져 목숨이
정육점 저울 위 한 근 같다

저놈의 석산 원망하다가
이내 담장 밑이 어두워지면
몇 남은 박꽃이 바다같이
너른 잎 위로 떠오른다

새의 날개는 저녁에 펼쳐진다

새의 날개는 저녁에 펼쳐진다
어둠이 깊으면 깊을수록
어둠 속
빙하 나라의 오로라를 사랑하는 얼음 조각가가
정과 망치로 용의 날개를 조각해
꿈속에 날아다니듯
큰 날개를 쳐
퍼득퍼득 하늘로 날아오른다
까마귀보다 더 큰 울음으로
산과 바다 건너
서울 지나 아무르 지나
북서풍에 올라탄다
희망도 절망도
기쁨도 슬픔도 외로움도 다 가볍다
아침이 올 때까지
새의 날개는 저녁에 펼쳐진다

이광사

안경을 써야 글자가 보였는데
글자가 보이지 않는다
안경을 벗고 다시 본다

저 건너 황금나무는
아직도 눈부신데
반짝이는 해변에서
파도에 발이 묶여버렸다

가는 눈매에
세상은 편광이지만
그대가 몹시도 궁금하다

신지도 앞바다 밀랍 박을
띄우고 또 띄워도
그립고 다시 그립다

시간

너의 시계는 빠르고
나의 시계는 느리다
달팽이가 흥건한 시간의 바다를 건넌 뒤
달의 시간이 고요해진다
밤 파도 들으며 흔들리는 보길도 비파잎
달빛이 흘러 맨들맨들하다
모래알은 작지만 견고한 시간을 살고
별빛은 살같이 질주한다
우리의 포물선은 잠시 정점을 찍고
가까스로 교차한다 추억이
교차하는 열차처럼 굉음을 낸다
신호등 앞에 기다리는 아이와
노인이 바늘구멍만큼 서로 들여본다
어둠이 밝아지고
밝음이 문득 어둡다
시계가 사라지고 아기가 울기 시작한다
할머니 쌈지 속 바늘 가족
증조할아버지 쌈지 속 잎담배
할머니 냄새 잎담배 냄새
시침이 돈다 초침이 돈다

시간의 피류 속
하루가 지나간다

강

어느 날 나는
세상의 중심 성산을 돌고 있었다
개들이 하늘에 가까운 음성으로 울었다
야크 꼬리를 잡고 아이들이 컸다
나이가 무의미했다
아이들 눈에 별빛이 반짝였다

길을 잃고 헤매던 나는 강을 건너야 했다
빙하에서 태어나 들판으로 흘러들던
고작 발목이 잠기는 강이었지만
영겁에서 막 풀려난 강물이 쇠보다 차가웠다
칼날 같았다 도저히 건널 수 없었다

머리칼을 풀어헤친
시바가 성산 꼭대기에서 내려 보고 있었다
빛이 얼음처럼 확고하게 앉아 있었다
강 건너 사원으로 향하는 사람들이 보였다

한참을 망설인 뒤 나는 강을 건넜다
발목을 베이며

영원같은 순간을
자갈 위 여울이 아이처럼 웃었다
강물이 달리고 있었다 남쪽
선과 악의 호수 지나 세상으로

나는 빨갛고 무감각한 발을 부비며 산을 보았다

눈강

이상하게도 나는 고통과 협곡에 매달렸다

멀리
사람과 도시를 떠나
덤불 속 사슴의 발자국 따라 허리를 굽혔고
산양을 따라 벼랑을 기었고
물소리에 두근거렸다

화려한 거리에서 나는 들개였다
옷자락엔 부랑이 나부꼈다
눈가에 낀 누추
고독이 사막보다 넓었다

밤 깊어 지도를 펴고
북만주를 헤매던 흰돌 같았던 사내를 생각했다
송화강을 지나 눈이 하얗게 흐른다는 눈강을 따라
걸어오던 한 무리의 사람들을 생각했다
질풍 속 질주하던
늑대 울음 같던 나무를 생각했다

햇살이 눈강을 깨우는
따스한 아침을

반성

나는 오랜 관성이다
판자에 박힌 못처럼

오랜 타성이다
히말라야의 빙벽처럼

그러나
너로 인해 얼음장 깨지듯
무너지는 때가 있다

왜 좀 더 다정다감하지 못했을까
벼랑의 풀잎처럼
흔들리지 못했을까

천지를 깨치는 아침처럼
맞이하지 못했을까

토란국을 생각하다가

토란국이 먹고 싶다
아릿한 맛 들깨가 풀어져 고소하고
혀 위에서 미끌거리며 녹는 맛
삼겹살이나 갈비보다
오늘 오후처럼
양푼에 소복이 뜯은 쑥에 파를 넣은 쑥국을 먹고 싶다
봄 햇살에 며칠 아기 손 같이 펴진
쑥잎이 살며시 아삭하게 씹히는
오미라고 하지만 무식한 소리
그 사이 어금니로 살짝 뭉개는 파맛
쫄쫄이같이 어금니로 꽉 물고 손으로 당겨 끊거나
앞니로 독독 갈아 먹는 사과맛
혀로 핥는 설탕 친 토마토 국물맛
불 향기 벤 옷자락 냄새
약수의 시원함 박하의 청명함
사랑하는 사람과 함께 있는 포근함
하루 종일 말하지 않고 혼자 차려먹는 한 끼 밥맛
일요일 부추전의 살짝 질긴 섬유질과
이에 달라붙으려는 글루텐의 뭉글함과 포도씨유의 느끼함과
그것을 잡는 짭짤함 하지만 그 무엇보다도

아무 일이 없는 여유의 맛

잔칫날 온갖 색과 맛으로 비벼진 잡채

새 솔가지의 흠씬 시고 아삭한 맛

오월 라일락 잎의 죽을 정도로 쓴 맛

장마철 은행잎의 위로

그런 걸 어떻게 오미로 말할까

미식가는 아니지만 먹고 싶고 먹고 싶은 건

살고 싶은 것이다

백운동 봄빛

서울 손님이 와 월출산
백운동에 갔다

십만 평 차밭 지나
그늘 깊은 동백숲
송이송이 동백꽃 걸음 따라
백운동에서
일생일대 백매 한 그루 반겼다
다산 일행처럼
풍덩 매화꽃 풀장에 빠졌다

하지만
구증구포 떡차 말리던 옛 주인 무덤에서
나는 보았다

기기묘묘 옥판봉보다
주인이 널어놓은 눈부신
겨울이불

봄은 행방불명

아무도 없는 분실물센터 물건처럼
과원에는 살구꽃이 피고
봄비에 떨며 기침을 했다
그늘에 기침이 쌓였다
부추밭 사이 하얀 민들레 몇 피었다
노란 민들레를 뽑으며 내내
무엇인가 잊어버린 것 같다
어린이날 공원에 아이를 두고 온 부모처럼
뒤통수가 크게 느껴진다
코로나 알림 메시지가 울리고
웅웅웅 외계어 방송차가 지나간다
개학이 미뤄졌다 아이들이 없다
모두 어디 간 걸까
역병처럼 봄이 창궐하지만
행방이 묘연한 채
이따금 택배차가 달려간다

봄비

비는 다섯 살
왼발 오른발 구분 못하고
왼 신발 오른 신발 너무 어려워
신발 따위 아무데나 팽개친다

하얀 종아리 종종
참새처럼 총총 마당을 뛰어 온다
풀잎에 톡톡 나뭇잎에 툭툭
개밥그릇 땅땅 차고 우르르 몰려온다
와다다다 하우스 두드린 뒤 미끄럼 탄다
만세 부른다 천방지축 물장구다

양철 지붕이 좋다 쨍쨍쨍쨍
시끄럽게 발 구르고 유리창에도 발자국 찍는다
하얀 알발이 아프지 않은지
신발은 어디에 두고

민어

여름 바다는 마량에 정박한다
돛배처럼 민어가 누워있다
파도에 긁히고
초라해진 내 행색 올려보며

지난 가을 갯벌에 떠밀려 온
민어를 보았다
어부가 죽어 민어가 된 걸까
은색 외투 뒤집어쓴 채

때로 일가가 그득 모여
솥단지에 조상을 넣고
눈물처럼 뜨겁게 끓여
울며 울며 떠먹었으리라

민어가 울어 바다는 짜고
고향에 가지 못한 해골에
찔레가 피고 모래는
조개껍데기를 파고들었으리라

기억투쟁

명발당 마루에 앉아
주인의 꽃 핀 멍게 다듬는 소리 듣다가
참 싱그럽다 생각하는데
머리 위 시끄럽다 구박하는
제비 똥에 맞았다
갓꽃 같았다

5.18 40주년 행사 이야기를 듣다가
어머니 전화를 받으려
명발당 동백나무 숲 아래 화계 앞을 서성이는데
어제가 네 생일이었다고
음력생일을 더 이상 기억하지 않는데 음력생일을 기억해내는
어머니를 생각하며
200년 전 소담스레 꽃피었을 화계를 보며
갯벌처럼 찡했다

삶은 기억투쟁이라고
팽목항에 목포 신항만에
광화문에 가방에 스마트폰에 자동차에 지하철에
페이스북에 켜지는 노란리본들
명발당에 쏟아지는 별빛도

기억투쟁이라고

사람들은 앞으로만 앞으로만 달려가는데
코로나로 학교에 못나오는 한 아이가
이분법을 안 하는 사고 방법을 카톡으로 묻는데
명발당 마루 기둥에 기대어 답은 못하고
정말 이 아이는 사람을 사랑하는구나
그래서 무겁구나

아직도 무엇인가 잊어버린 것 같고
아직도 무엇인가 찾아야 할 것 같은
봄 들판을 한창 쏘다닌 피로를 느끼며
수음도 글쓰기도
기억하기 위한 투쟁일 거라고 생각하는 인간이란
삶이란

그렇게 기억이 삶이 되고
삶이 기억이 되는 것이라고

걸쭉

꽃대 오른 근대의 치마잎 따
근댓국 끓여먹는다 근데
저 근대 씨가 농약상에서 산 것인지
저 것도 번식을 못하는 것은 아닌지
걱정하는 나 자신에 화가 난다
생명 가지고 장난치는 반생명집단의
문화 가지고 장난치는 반문화집단의
눈 뜨고 코 베어갈 지구적 사기에
CEO라니 지식인이라니
얼어 죽을 지적소유권 따위 바라지 않는다
공친 막걸리장수와 동동주장수가
고갯마루에 앉아 엽전 한 닢 주고받으며
서로의 술을 배터지게 사먹고
엽전 한 닢 달랑 남기는 옛사람의 지혜가
참새도 메뚜기도 감탄하는 그 지혜가 참 지혜고
근댓국 먹으며 하는 근심보다 백배 낫다 생각하며
근심 없는 근댓국을 걸쭉 떠먹는다

햇살

글쎄요
햇살이 너무 많네요 엄청

인생은 짧은데
저렇게 넘치게 퍼붓는 햇살을 어떻게 견뎌야해요?

눈물이 나요 콩쥐처럼
갈아야 할 밭이 넓은데
가려야 할 곡식이 많은데

천지에 넘치는 햇살 한 솜 한 솜
실을 잣고 잉아에 걸어
천을 짜고
그걸 다시 치자물 쪽물 들여 바람과
햇살에 말리고
수를 놓고 마름질까지 곱게 해 그대 옷 지어드려야 하는데
마음이 천방지축이네요

바가지도 기워 쓰던 할머니의
반짇고리처럼

잊어버렸네요

햇살이 하늘에
지붕에
저렇게 치일 칠 넘쳐
마당을 때리는 걸 그냥 바라보네요
맞고 섰네요
하염없이

황야의 사랑

가을볕 맞으며 귤나무에 물을 주는데
그늘에 숨어 있던 사마귀 한 마리
기어 나왔어 느릿느릿
그런데 사마귀 뒤에 하체만 남은 사마귀가
악착같이 다리로 사마귀를 부여잡고
산란관을 꽁무니에 연결한 채
업혀 있는 거야
살아 있는 모든 것을 죽여야 하는 고독한 본능이
참을 수 없는 사랑을 만나
만날 수 없는 희망을 위해
희생되었던 거야
비명도 오열도 없었어 처연했어
파란 귤 안 꽉 차오른
그 시큼한 것들이 외려 서러웠어
볕도 영롱한 물방울도 미웠어
해가 파열하며 터지고 있었어
무슨 사랑일까
무슨 욕망일까

가을하늘

가을하늘이 깨질 것 같은 날
칠량 정 작가와 가마 앞에서 김치전을 먹었다
막걸리는 달고 전은 짜지만
나는 겨우 한 잔을 받은 채
콩잎처럼 기침을 했다

쨍 ~ 쨍 ~
가마에서 막 나온 청자에서
실로폰 소리가 났다
연달아 번개 치며 금이 갔다
그릇이 식으며 익는 동안
하늘이 너무 맑아 깨지고 있었다

그 하늘에 고려 사람들은
모란 치고 갈대 치고
백로까지 날렸다
대섬 밖 구강포 돛배 떠난 뒤
벼락 같이 잠들었다
가을하늘을 저렇게 익혀 놓고

1992년 여름 지리산

스물 너머 인생을 막 시작할 때였다
입대를 앞둔 여름
시국은 어수선했지만
제주를 떠돌다가 친구를 떠나보내고
나는 밤새 12시간을 출렁이며 부산에 도착했다
태풍이 비켜 간다고 했다
서울로 가기엔 너무 아까웠다
이내 화엄사행 버스로 갈아타고 무작정 지리산 종주를 시작했다
청춘이 가기 전에 지리산 종주는 반드시 해야 했다
노고단에서 야영을 하고 이튿날
반야봉에 올랐다 비바람이 몰아쳤다
비틀린 나무와 미친 듯 나부끼는 풀들이
바위보다 단단했다
그 정적에 눈물이 흘렀다
길에서 만난 산동무들과 싸우듯 걸었다 앞서거니 뒤서거니
도착한 세석평전은 불야성의 난민촌같았다
탱탱한 발의 물집에 실을 꿰어 넣었다
신음 같이 청춘이 가는 게 서글펐다
걸음마다 쓰리고 걸음마다 아팠다
산꽃보다 고사목이 정다웠다

천황봉에서 고등학생과 건축과 대학생과 작별했다
허풍처럼 호탕하게 웃고 각자의 방향으로
그늘진 숲길을 한참 걸어 나타날 것 같지 않던
치밭목 산장엔 다람쥐만 놀고 있었다
애기엄마가 살았다
다람쥐와 아기를 키우며
언젠가는 저렇게 산에서 살고 싶었다
이튿날 아침 가지마라 가지마라 거미줄 끊으며
이파리가 사람 몸뚱이만한 시누대 숲을 지났다
무엇인가 거듭 베어지는 것 같았다
쉰내 진동하며 절뚝이며
청춘이 가고 있었다

어둠 앞에서

도시에 살며 찾아온
밤이 긴 친구는
개 짖는 시골의 밤하늘이 소오름이라며
하늘에 별자리 앱을 대고
주저리주저리 10여개의 별자리들을 찾았다

인류가 만든 100개도 안 되는 별자리
북두칠성과 카시오페아 밖에 모르는 내겐
별세계였다

창탕고원 길
불어난 물에 고립된 트럭에서 바라본 별은
폭포 같았다
별 소린지 물소린지 잠들 수 없었다

하지만
안 보이는 별은 얼마나 많을까
100개도 안 되는 별을 보던 친구는
많아야 5000개쯤 보인다는 시골에서
신비에 휩싸이고

나는
어둠 앞에서

우주의 은하가 2000억 개이고
은하마다 평균 3500억 개 별이 있고
그걸 곱하면 700해의 별이 측정 가능하다는데
어둠이 별로 빽빽한 건데

셀 수 없는 별은 또 얼마나 많을까
별 마다 행성들은
행성의 위성들은
그 사이 보이지 않는 너와 나는

무어라 해야할까
어둠 속에 서서
두런거리고 있는 우리들은

시골 바람

시골엔 바람이 많다
쓰레기도 물건도 가만있질 않는다
참지 못하는 바람
담장이 푹 넘어지고 지붕이 휙 날아간다
문틈을 비집고 들어오는 황소바람쯤
투명인간처럼 바람벽을 쑥 통과하기도 한다
시골엔 바람난 사람들도 많다
봄바람은 산천에만 부는 것이 아니다
점방에도 논둑에도 수돗가에도
꽃들이 지랄맞게 소곤댄다
신들이 사람과 결혼하듯
사람도 짐승과 결혼한다
쇠지랑물내 진동해도 바람이 있기에 견딘다
온 나라 떠들썩해도 바람이 있기에 잊는다
시골엔 바람이 많다
소문처럼 빨래가 날아다녀도 어쩔 수 없다
바람 맞고 바람 막으며
바람과 숨바꼭질하며 살아간다

쉰

스물다섯에
두 가지 결심을 했지

도시에서 집 사지 않기
자가용 몰지 않기

서른에 세 번째 결심을 했지
술 담배 끊고 완전채식 하기

삶은
유랑이었네

티벳에서 말린 야크 넓적다리 깎아먹는 순례자 보며 채식을
그만 뒀고
한국에 돌아와선 술도 조금 먹게 되었네
결국 운전면허를 땄고 시골로 내려왔지
중고차를 세 번이나 바꾸며 돌아다녔네

그리고 쉰
비로소

시골집을 샀네
원칙주의자 대신 신념을 지키고 싶었지만 풍풍
쉰내 어쩔 수 없네

쉽지 않은 쉰에
비로소
나무를 심고 호미를 쥐네

2부

자신의 노래

잔뜩 화난 네가 닥치는 대로
욕하고 차버릴 때
너는 네가 아니다

시험을 통과했다고 만끽해도
월급 액수를 보며 미소 지어도
너는 네가 아니다

애인과 커피를 마시고
거리를 산책해도 애인을 껴안아도
너는 네가 아니다

저녁이면 혼자 누워 어둠을 응시하며
나는 누구일까 물어도 물어도
너는 네가 아니다

그러나
삶을 사랑하고 선에 의지하고
희노애락을 느끼는 네가
네가 아니라면 도대체 너는 누구일까

알고 있다 너는 이미
언제나 그 너머
모독할 수 없는 너 자신을

자연에게 배우기

서서 앉아서 또 엎드려
보고 듣고 배우기

나무에게 배우기 서 있는 법
꽃에게 배우기 웃는 법
풀에게 배우기 춤추는 법
바위에게 배우기 기다리는 법
햇살에게 배우기 나누어 주는 법
새에게 배우기 노래하는 법
벌에게 배우기 행복 찾는 법
구름에게 배우기 집착하지 않는 법
별에게 배우기 꿈꾸는 법
이끼에게 배우기 만족하는 법
지렁이에게 배우기 멈추지 않는 법
바다에게 배우기 깊어지는 법
어둠에게 배우기 놓는 법

학교를 다니지 않아도
소박하고 겸손하고 정성스럽고 지혜로웠던 선조들처럼
자연에게 배우기

흔들리다 1

흔들리지 마라
바람 불어도
흔들리지 마라
먹구름에
비 번개 쳐도

흔들리지 마라
흔들려도
꺾여도
무너져도 흔들리지 마라

어둠 속 외침처럼
눈빛들
손길들

흔들흔들
흔들리고 흔들려도
온몸으로 흔들려도
흔들리지 마라

한소끔

시간의 이랑이 보이니
길고 길게 물결치며
반짝이는

너의 땀이거나 웃음이거나
책상에 앉아
끄적여 놓고 간
하염없는 글줄이거나

네가 걸어간 등 뒤로
천 평쯤 펼쳐진 밭
이랑의 역광 그늘 속
꼼실거리는 것들 보이니

연애도 몰두도 아니야
밭둑에 앉아
머릿수건 쓴 할머니처럼
뒤돌아 봐 한소끔

닥치고 살아라

물론 너는 흙덩이다
세상은 지나치게 높고 화려하지만 너는 빈곤하다
바람은 춥고 햇살은 뜨겁다
웃음 뒤엔 질투가 타오르고
시골엔 깨진 유리만 쌓여있다
아름다운 것들은 액정 너머에 있고 슬픔은 네게만 있다
어둠만이 편하다
해는 아무 데나 떠올라 무턱대고 닥친다
쥐며느리에게도 먼지에게도
문 닫고 커튼 쳐도 처들어온다

생명은 전율한다 모순 때문에
어둠 속 노고로 만든 거미의 그물엔
수백의 태양이 반짝이지만 거미의 것이 아니다
풀잎 위에서 청개구리는 무작정 기다린다
자동차같이
달아오르는 아스팔트 위에서도 달팽이는 느리다
닭은 새벽마다 참지 못한다
돼지들이 외친다 풀들이 파도친다
지구는 어둠을 달린다 45억 4천만년 동안 전율하며

살아갈 아무 이유가 없다 그러나 충분하다
닥치고 살아라

모두의 나라

시인이 없는 나라는 모두가 시인이다
교사가 없는 나라는 모두가 교사다
부자가 없는 나라는 모두가 부자다
애인이 없는 나라는 모두가 애인이다

아무 것도 없는 나라에 모든 것이 있고
아무도 없는 나라에 모두가 있다

그대여
위대하고 거룩한 교회가 없는 나라에는 모두가 위대하고
거룩하다

풀잎과 이슬과 또 햇살과 더불어
사람이 하늘이 아닌 나라는 모두가 하늘이다

달을 사랑한 피노키오

말라깽이 가분수
엄마 없는 피노키오
너는 배가 고팠지만 욕을 얻어먹었다
침을 뱉고 오줌은 아무데나 갈겼다
학교 뒷담 밑에서 담배를 피다 걸렸다
부자 아이를 팬 날 너는 정학을 받았다
잠기지 않은 자동차에서 지갑을 훔치고
오토바이를 타고 질주했다 할 줄 아는 게
욕밖에 없었으므로 욕을 했고
도망칠 줄 밖에 모르므로 도망쳤다
아무도 관심이 없었다
취객을 털고 돌아온 날
할아버지가 죽었다 너는 울었다
달을 사랑한 피노키오

나무

시련이 있다는 것은 좋은 일이다
흔들리며 강해지는 나무처럼

시련 없이 설 수 없다
바람 없이 눈비 없이 벌레와 새의 공격 없이
마구 뻗은 가지는 쉬이 부러진다

노천에서
밤하늘 가득 별빛을 앓아야 나무다

제 팔의 길이만큼 한껏
하늘을 껴안아야 나무다

틈

네가 세상에 선물이듯
세상은 네게
하루를 선물한다

해가 천지를 찢고
나무는 십만 장 잎을 펄럭인다
새들이 외친다

받아라 두 팔 벌려
뛰어라 두 다리로
던져라 온 몸을
세상이라는 틈 속으로

거미 날다

날아야 해 날개가 없어도
민들레 떠나는 홀씨처럼
단풍나무 프로펠러 씨앗처럼
바람이 거셀수록
우수수 와와와 나는 거야
새도 나는 게 아니야
순간순간 허공으로 도약하는 거야
달려가는 아이들을 봐
0.1초 씩 날아
바다 속 날아가는 가오리
우주를 날아가는 지구
실낱같은 희망 부여잡고
춤추며 날아가는 거미
모두 자유형이야

가출을 권함

물론 아무도 자식의 가출을 권하지 않는다
랭보를 낭독해도 자식이 랭보가 되길 원하진 않는다
하지만 집을 나서지 않고
어떻게 자기를 알 수 있겠는가

나의 옷을 누가 입겠는가
가늘고 길고 구부정한 몸
시대에 뒤처지고 무릎이 튀어나온 옷
어떻게 팔팔한 아이들에게 물려줄 수 있겠는가
아궁이에 태워야할 유물이다

나의 때가 지난 것처럼
어쩌면 저기 다가오고 있는 웅성거림
너의 이름을 더 이상 부르지 않겠다
너를 아예 쫓아내겠다
네 인생은 네 인생이고 네 세상은 네 세상이다

베큠자세

혼자 끓어 넘치는 아이
너의 계절은 어디일까
붉은 눈알을 훔치고 이내 근육을 불룩이며 장난을 친다
라일락 같이 향기롭지만 쓴 나이
벌레처럼 많아진 짜증
새소리도 귀찮다
운동을 하지 않는 나는
너무 물렁하고 말라버렸다 인과응보겠지
쭈그리고 앉아
장미와 수국과 로즈마리를 꺾꽂이한다
희노애락의 사계에서 삶은 얼마나 여러 번 끓어넘칠까
뿌리를 잘 내릴 수 있을까
너는 모르지 네가 아름답다는 걸
지금이 소중하다는 걸
미루지는 말자
다시 운동을 시작하자 녀석에게서 배운 베큠자세로
배를 쏙 집어넣고 어깨와 갈비뼈에 힘을 주고
희노애락의 호, 그리고 흡!

그냥, 단지

배우지 마라
먹어라
공부하지 마라
놀아라
그냥

답변에 궁색할 필요 없다
질문은 듣지도 마라

때가 되어 쑥쑥
풀잎처럼 쭉쭉
나무처럼 여름을 낭비하지 마라

네 멋대로
네 맘대로
살라 하라
단지, 그뿐

그랬다

음 그러니까 선생님도 바나나가 비싸던 때에 살았다는 얘기죠?
고려 적 이야기도 아닌데
그렇게 됐다

소고기 미역국은 아버지 생일날
수박은 큰형 생일날
고등어조림은 손님 온 날
그 손님이 사온
포도 한 송이 놓고 싸우는 삼형제를 혼내고 우는 엄마를 두고
주섬주섬 포도 알을 먹던 배고픈 시절
고려 적 이야기도 아닌데
그렇게 됐다

나는 공출도 전쟁도 보릿고개도 모르지만
음 그러니까 아버지는 꽁보리밥을 주식으로 먹었다는 얘기죠?
음 그러니까 할아버지는 보릿고개에
풀죽 송기죽으로 똥구멍이 찢어지기도 했다는 얘기죠?

희한한 일이다
삼 시 세 끼 고기가 나오는데

한 끼에도 두세 가지 고기가 나오는데

음 그러니까 내가 처음 바나나를 맛봤을 때
그 비싼 바나나가 너무 비려서 뱉고 말았단다

네 아이가 묻지 않을까
음 그러니까 그 때는 매 끼니에 두세 가지 고기를
먹었다는 말이지요?

나의 무게

아이가 내 배를 만질 때 흠칫 놀란다
눈치 챈 아이는
선생님도 나잇살은 어쩔 수 없지요 위로한다
글쎄 사실 이건 그냥 나이가 아니다
게으름이고 무관심이고 불친절이다
치부는 놔두고 각성하기로 한다
내게 맞는 몸무게는 몇 킬로그램일까
고등학교 이후 근 십년 63킬로그램이었다
제게 맞는 무게를 가진 사람을 만나면 기분이 좋다
한 철 난 여치의 연둣빛 가벼움과
천년을 산 느티나무의 웅장한 무거움처럼
새들은 날기 위해 날렵해야 했고
곰은 견디기 위해 두터워야 했다
나는 아직 맞지 않는 옷을 입고 있다
내게 붙은 10킬로그램을
안정이나 관록이라고 말하고 싶지 않다
이가 빠져도 잘 다뤄진 도끼처럼
서슬만은 파랗고 싶다
영혼의 무게는 21그램이라는데
정말 내 안에는 21그램짜리 꼬맹이가 살고 있을까

그게 나의 실체일까

모른다 알고 싶지 않다

마징가의 쇠돌이도 아닐 테니

다만 내 무게로 앉고 서고 걷고 싶을 뿐

자신의 길

자신의 길을 갈 수밖에 없다
눈감고 갈 수밖에 없다
눈감을수록 더 또렷해지는 길
어둠을 따라갈 수밖에 없다

달팽이 촉수 더듬더듬
차갑게 이슬 닿으며 날카로운 모래 덮으며
살에 박혀오는 뼈의 울림 기억하며
가는 게 길이다

오류를 모르는 가지처럼
거미의 비행처럼
낱낱이 필연이다

장엄한 일출이 잘못일 리 없다
우주가 우주의 삶을 펴듯
지구가 지구의 궤도를 달리듯
도로를 건너는 고양이처럼
매일 자신의 길을 가는 것이다

히말라야

때로 교실이 설원보다 고요하다
몰래 스마트폰 하고
아이패드 보고 완전히
엎드려 자는 옆에 문제집을 푼다
낮게 깔린 머리들 내려보며
나는 에베레스트에 서 있다
오만의 절벽과
절망의 크레바스를 건너
눈가루처럼 날리는 고독을 느낀다
너에겐 낮도 밤일테지
세상의 요란도 적막이고
6000미터 별빛소름 느낄지 몰라
저마다의 에베레스트에서 히말라야같이 펼쳐진 교실
저마다 높고 외로운 별빛을 향해
꿈속에서라도 퍽퍽
피켈을 찍겠지

너의 얼굴

왜 고양이는 쥐가 되지 못하는가
왜 쥐는 고양이가 되지 못하는가
쥐는 무섭고 밤에는
고양이도 외롭다

너의 얼굴은 무엇일까
화장하지 않은 너의 얼굴은
이름 없는 너의 얼굴은
돌도 가진 얼굴 별도 가진 얼굴
물도 나비도 가진 얼굴

빡치지 마라 쪽팔리지 마라
아니 빡치고 쪽팔려라
그쯤 아무것도 아니다
밑도 끝도 없지 않느냐 너는
그게 바로 너다

밑도 끝도 없는 분노처럼
밑도 끝도 없는 자신감
아무 것 몰라도

폭망이어도 밑도 끝도 없이
그게 바로 너다

네 얼굴에
그어지는 한 줄기 미소로
너는 너의 길을 간다

선악을 넘어
행복을 넘어
언어를 넘어
그어지는 한 줄기 선

떨어지는 눈발 밟으며
걸어가는 걸음
그것이 너의 얼굴

못과 숲

아침을 시작하며 이야기 하려면
시마이 하자며 조급하게 하던 아이
초지일관 무시하고 엎드러진 아이
늘 5분 늦게 오는 아이 안 오는 아이
보건실에서 자는 아이
목소리가 눈물처럼 기어들어가는 아이
말을 못 찾아 길길이 서러운 아이
다가가면 빙 돌아가는 아이
초지일관 말없는 아이
가시 돋친 말로 상처 주는 아이
큰 상처 안은 아이
벌어진 상처 밤새 들여 보며 우는 아이
그러며 자라는
별빛들

어느새 여름이 오고
개학을 하면 달라져 있는 아이들
다가와 어깨를 감싸고
말없이 지긋이 웃는 아이들
져줄 줄 아는 아이들

거들먹거리다가 어느새 깊어진 아이들
어른이 되어버린
너희들은 언제나처럼
스스로 자랐다
세상에 빚지지 않고 우뚝우뚝
머리엔 저마다 하늘을 이고
세상보다 높아졌다

나의 말이 못이 되어 나무에 박혀도
아랑곳없이 자라 숲이 되었다
그 숲에서 못은 감사하고
쓰리고 다시 미안하다
여전히 너희에게 필요한 햇살과 빗줄기와
바람이 되어주질 못했지만
그러나 다시 바람이 되는구나
나무는 자라고 못은 나무에 묻히길 바래
누군가가 뽑아주면 더 좋겠지

매미 우는 숲
햇살이 그물을 활짝 펴는 숲
아삭아삭 애벌레들이 연둣빛 식사 하는 숲
바다가 들리는 숲
누가 그 숲을 알까
너희들의 별빛을

최선의 밤

하루에도 몇 번 씩 투덜거린다
엎드리거나 폰만 보는 아이
대책 없는 부모
당연하다는 듯 아이들이 돈이 최고라고 외칠 때 한심하다
술 먹고 같은 소리만 하는 이웃이며
참견 잘 하는 소리들이 귀찮다

하지만
나이 오십이 되도록
나는 정말 최선을 다해본 적 있는가
연탄재 함부로 차지 말라던 시인의 말처럼
집이고 주식이고 온통 투기만 하는
도둑놈 세상이라고 욕할 만큼 나는 치열했는가

한껏 피려다 오그라든 꽃처럼
최선을 다하지 않는 게 있을까
새도 허공을 힘껏 두드려야 날고
개미도 여섯 발을 힘껏 저어야 가는 거다

밤새 게임하고 도박하고 술 마셔도

가출하거나 자해를 해도
오직 시험뿐이라고 재능을 처박아둔 아이도
마찬가지다 저마다 최선을 다하는 것이다
거미도 개미만큼 부지런하다

대설주의보에 눈들이 갈피없이 떨어지는 밤
우짖는 바람도 개도
보이지 않는 별처럼 어둠처럼 짖고 있다
저마다 최선을 다하는 것이다
최선을 다하지 않는 것을 찾으려야 찾을 수 없다
철들어야 할 것은 나였다

학교

인도의
비노바 바베는
감옥에서 선생이었지
바가바드 기타를 가르쳤어 죄수와 간수에게
열차 안이나
시장 통에서도
글쎄
유배지 강진을 대학원으로 만든 정약용은 어떻고?
어떤 이는 감옥을 학교라고 했지

학교가 감옥 같았어
이상하지? 학교는 감옥이고
감옥이 학교고

그래 내가 나온 학교는 학교가 아니야
책과 사람
그리고 산

나는 천성산 대학을 나왔지
살모사 멧새 억새

물과 바위와 갈참나무
햇살에게 배웠지
왕거미가 나의 스승이야

그리고 너희들
지금은 너희가 스승이야
우리가 학교고
여기가 숲이야

꽃은 일제히 향기를 풀어 놓는다

비비 틀린 등나무 아래 벤치에
친구는 오후 햇살처럼
외로워하고 있었다
자욱한 황사 지난 뒤에도
봄이 다정하게 오지 않았다

사람은 외롭다
그래서 두 발로 선다
아스팔트와 블록 사이
보라 제비꽃을
사랑하게 된 친구여

네 머리 위 비비 틀린 등나무에는
벌써 딸기송이만한 등꽃 봉우리들이
여드름 같이 돋았다
참을 수 없는 딸기 향기처럼
참을 수 없어 등꽃들이 벌어지려 한다

비록 우리가 떠날 지라도
친구여 꽃들은 서로 닿을 수 없어도

일제히
하늘에 향기를 풀어 놓는다
꽃잎 흩날리며

꽃잠

선생님
민들레가 아침에는 오무렸다가
낮이 되니 활짝 펴네요

그래요 민들레만 아니라 많은 꽃들이
환히 펴지요 낮에 벌 나비를 만나려
꽃들도 밤에 잠을 자요

이슬 내리는 들판에
춥지 않게
외롭지 않게
이불 덮듯 꽃잎을 덮고
등에 한 마리 잠을 자요

수업시간엔 자고
쉬는 시간에 펴지는 아이처럼
낮에 자고 저녁에 일어나는 아이처럼

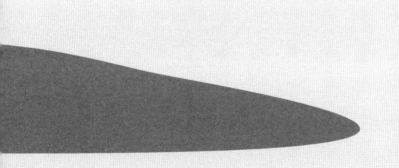

3부

행성

204호 텅 빈 거실에 텔레비전이 켜 있다

1301호 초로의 퇴직자가 베란다 열고 담배를 핀다

309호 교복 입은 여고생이 엄마에게 욕을 퍼붓고 핸드폰을 던진다

512호 장님이 화장실벽을 더듬고 있다

910호 된장찌개가 끓고 파를 썰고 있다

105호 1주일 째 어둡다

1111호 백발의 할머니가 늙은 호박을 닦고 있다

606호 이향견문록 옆에 전쟁과 평화가 꽂혀 있다

704호 옷을 벗은 남녀가 침대로 들어간다

611호 방문을 잠그고 4학년 아이가 게임에 몰두해 있다

802호 십여 명의 사람이 앉아 회식을 하고 있다

214호 중년의 여자가 사발면에 물을 붓는다

302호 거실의 빨래 건조대에서 빨래가 마르고 있다

1201호 피자 배달원이 막 현관을 들어서고 있다

햇볕 그물

해와 달이 끌어주네
바람이 밀어 주네
나비 따라 풍뎅이 따라
건너 숲

물소리 노래하고 침묵하는
바위 이끼 위
다람쥐가 햇볕 그물 짜는 곳

사상도
부끄럼도
가진 것도 없이

해와 달과 바람과 물과
다람쥐가
햇볕 그물 짜는 곳

신이 있거나 혹은 없거나

신이 있거나 혹은 없거나
국화는 만개하고 시들어간다
내리는 비를 맞으며 차오르는 배추를 본다
까마중이가 달다
여치가 뛴다

신이 있거나 혹은 없거나
개구리는 벌써 겨울잠에 들고
들판을 건너 저녁이 걸어온다
기도하거나 기도하지 않는
사람 곁에 외로움이 앉아 있다

신이 있거나 혹은 없거나
발은 땅에 붙어 있고 소리 없이
달이 뜬다 어둠이 조금 밝다
카페에 앉아 혹은 야간 산행을 하며
사람은 누군가를 기다린다

물방울 같은 거

물방울 같은 거
어룽어룽 둥근 표면이
숲과 도시와 온 하늘을 담고
흔들리는 것

빙그르르 무지개 돌리고
햇빛 반사하고
아이에게 영롱한 꿈을 꾸게 하고

시나브로 사라지는
어느 날 아침
풀잎 위 물방울 같은 거

꽃밭

꽃밭에 들어가지 않는 것은
금지 팻말 때문이 아니다
두려움 때문이다

꽃밭에
강아지가 뛰어 놀 때
사람이 강아지보다 못하다

길의 진화사

모든 길은 처음에
아무것도 아니었다 아니 모든 것이었다
거대한 암반이었으며 밀림이었으며 초원이었으며 사막이었다
사람이 수많은 생명 중 하나이고
네가 수많은 사람 중 하나이듯
아무것도 아니어서 모든 것이었다

처음이 있었다
한 발 또 한 발
네 발
어쩌면 몸뚱이로 긴 자국이었는지 모른다 길이 될 줄 몰랐던
무서워 떨며 비틀비틀 넘어졌던
수많은 길들이 태어나자마자 사라졌다

하지만 암반이 갈라지고
길이 나고 구불구불
오솔길이 생기고
사막에 카라반이 다니기 시작했다
길이 너에게로 뻗어 이어지고 꽃들이 새들이
정겨운 등불들이 켜지기 시작했다

길이 길을 낳고 길들이 모여
사랑을 낳고 사상을 낳고 문명을 낳았다
심지어는 바다에도 하늘에도 길이 났다

물론 희망만 있는 건 아니다
돌길이 아스팔트로 철길로 변하고
산이 뚫리고 하늘과 바다가 오염되었다
새와 벌레와 나무가 사라져갔다
가파른 절벽에서 길이 끊어지듯
무수히 많은 생명의 길들이
수많은 네가 사라졌다

하지만 나그네여
세상에
막 태어나고 있는 길이여
너의 한 발이
또 다른 세상으로 향하니 햇살과 바람과 꽃을 만나
노래 부르고 춤추길

숨은 신

인간은 누구나 신을 숨기고 있다
발견될 때까지

비 오는 날 쥐어주는 차 한 잔
목마른 산길에서 나눈 귤 한 조각이 신을 깨운다
신은 문득 고개를 든다 사람 안에서
화내고 날 뛰며 눈물 흘린다 사람 앞에서
신은 일어난다 그리하여 서로 부둥켜안을 때
신은 뜨거워진다

신도 웃는다 사람 안에서 사람과 함께
사랑이 커갈 때
비로소 신도 살아간다

수저

어린이집 점심시간
순이가 숟가락을 잃었다
아무리 찾아도 찾을 수 없자 순이는 울었다
원장이 다가왔다

이 금수저가 네 수저냐? 아뇨
이 은수저가 네 수저냐? 아뇨
그럼 이 흙수저가 네 수저냐? 네

굶어라 너는 흙수저도 잃어버렸다
원장은 흡족하게 웃었다

세상을 다시

세상이 바뀌면 가로수에는
복숭아 살구 사과 감이
골목엔 딸기 앵두 머루 다래가 열리겠지요
돈을 위해서가 아니라 행복을 위해서
사람들은 심고 가꿀 거예요

가꾼다는 말 그래서
뿌듯하다는 말
잊혀진 말들이
다시 살아나 촉촉해질 거예요

사랑하지 않을 수 없는 사람들처럼
채워지길 바래요
막무가내 차오르길 바래요
잎들이 어떻게 저렇게 도톰해질까요
애벌레들이 어떻게 저렇게 꿈실거릴까요
삶이 저렇게 여유롭고 최선을 다할 수 있다면
최선이 초록이군요

열심히 레고놀이 하다가 팽개치고

달려 나가는 아이들처럼

우리가 다른 놀이로 세상을 살면 되는 거 아니에요?

힘든 거는 말고 땀 흘려도 재미있는 걸로

억지로 말고 어슬렁

안 되면 어때요

봐요, 벌써 세상이 바뀌었잖아요

봄이에요 세상을 다시 살아요

옛날 이야기

먼 옛날 바이칼호 동쪽 자작나무 숲 사람들이
햇살을 따라 퍼질 때
아무르 강변 황금담비 가죽 옷 입은 부여 사람들은 춤을 추었다
고려, 말갈, 거란, 여진 사람들이 말을 타고
초원으로 숲으로 바다로 떠나간 뒤에도
나나이는 아무르에서 연어를 잡고 캄차카 파도향이 밴
연어가죽 옷을 입고 춤을 추었다
하백이 잉어로 변하고 해모수가 수달로 변한 뒤에도
나나이는 죽어 연어가 되어 바다로 돌아갔다

담비가죽 옷을 입고 싶다
연어가죽 옷을 입고 싶다
바이칼의 자작나무 껍질 옷을 입고 싶다
티벳 광야에서 하늘같은 야크가죽 옷 입고
너펄너펄 춤추던 목동처럼 나도 춤추고 싶다
아무르의 옷을 입은 샤먼처럼 날고 싶다

그들이 가난했던 것이 아니다
아무리 채워도 부족한 우리가 가난한 것이다
목화솜 이불 한 채가 무거웠던 것도

백 평의 먼지 풀풀 날리는 땡볕에 하얗게 터지던
뭉개구름 같은 솜을 모아
바다 같은 호청 펼치고 동산 같은 겉감에
모란 작약 장미 심고 노랑나비 흰나비 범나비 날려
한 땀 한 땀 최선을 다해 행복을 빌었기 때문이다
비좁은 한 칸 방에 목화솜 이불 한 채와
무명옷 한 벌 밖에 없는 사람들이 살 부비던 삶은
낙후된 게 아니다
오히려 가득했던 것이다

불쑥

불은 불쑥

찾아온다

역사의 첫 페이지 자연발화

불씨를 주운 호모사피엔스의 눈동자에 불쑥

아궁이 속에 묻어둔 며느리의 단지에서 불쑥

모두가 잠든 새벽의 골목에서 불쑥

불이야 여기 불이 났어요

119를 누르고 외친 뒤 끊어버리는 아이의 다급한 목소리에서

뭐야 쌍 내가 호구인줄 알아 다 때려 칠 테야

목구멍에서 불쑥

지구가 불타고 있어요 어른들은 당장 환경파괴를 그만 두세요

외치는 그레타 툰베리의 단호한 입에서

불타 오르네를 외치며 춤추는 BTS의 손끝에서

애들아 여기 흰소가 끄는 수레가 있으니 밖으로 나오렴

속삭이는 장자의 입에서

남도 맥하 들판에 번지는 불길 자욱한 연기 속에서

하루를 시작하며 불쑥 찾아오는

너는 불

판도라의 상자는 열려야 하고

장자의 며느리는 뒤를 돌아봐야 했다

불쑥 찾아오는 그리움처럼

참을 수 없는 그래야 했던 것들

1864년 봄

1864년 시베리아
자작나무숲속 내달리는 늑대의 입김
아무르의 유빙이 부딪히며 봄이 열리고
초원 당나귀 떼가 춤출 때
러시아 청년 장교 크로포트킨은
소유를 버리기로 했다

억조의 별들이 모두 평등했으므로
귀족도 농노도 평등하였다
순록의 기나긴 행렬을 따라
캄차카 지나 베링 지나 알라스카를 건넜던
사람들처럼

그날 대구 감영의 형장에서
좌도난정 죄목으로 처형당하며
수운은 북으로 날아가는 쇠기러기떼를 보았으리라

봄이 오고 있었다
억조창생의 하느님처럼
신분도 나이도 자신도 버리기로 했다

만물은 서로 돕는다

사람이 하늘이다

유빙이 부딪히며 천둥소리를 냈다

개미

허공꽃처럼 무엇인가 기어가는 느낌
기억의 서랍에서 기어나온 개미
잔뜩 하늘 일을 짊어지고 변신한 신일까
책상에 치약에 거울에 싱크대에
도처에서 출몰해
검은 행진을 해 가미가재식이야
바리데기의 눈코입에 바글거렸던 개미
버석한 땅바닥에 쭈그리고 앉은
예수의 샌달 옆을 지나가던 개미
흰개미는 집도 먹는다지?
나뭇잎배 타고 강물 여행하는 개미소년은
지금쯤 어느 바다에 다다랐을까?
하루 종일 빈둥거려야 하는 날
하루 종일 더듬이로 좌우 더듬으며
하루 종일 걷던 개미를 보았어
개미는 돌아갈 수 있을까
너에게 가는 길은 길고 긴 에움길이고
모퉁이 나무 그늘 밑 개미나라에서
나는 잠시 길을 잃었어
공원에 떨어진 과자봉지에 바글대는

개미떼처럼 비 내리는 아침
개미는 빗속 너머로 행군하고
어디선가 봇짐을 풀겠지

비파

계절은 방황하고 있을지 몰라
비파나무 속
길고긴 카타콤의 미로 속을 걸으며
회 바른 성소를 꾸밀지 몰라

그의 걸음 소리가 들려
계단을 오르는
술독 뚜껑을 열어 맛을 음미하고
설핏 웃을지 몰라

밤이 길었다는 거야
나무에 가득한 꽃다발은
시간은 충분했어
한 잎 한 잎 밀랍 꽃 빚기에

어쩌면 그의 방은
뿌리 중심 어디쯤일지 몰라
그리움이 뻗어간 저 건너
바위나 동백나무 아래

물소리가 들려 너에게 흐르는
새소리가 들려 너를 부르는
계절이 지나
열매가 익고 있어

아메바

장미와 수국과 치자를 꺾어 꽂았어
나무는 그렇게 영원히 사는 거야
아메바처럼

계절을 짊어지고
하늘도 구름도 짊어지고
새 뿌리가 나와 새 삶을 시작하는 거야

어젯밤 한 가지가 꿈속으로 들어와
방긋 아기가 되었어

다시 태어난 너를 씻겨주고
뽀뽀를 하고 감탄했지

물의 아이들
그렇게 윤회하나봐

꽃이 되고 새가 되고
돌이 되고 햇살이 되고

내 생각은 구름이 되어 하늘을 떠다니다가 비가 되겠지

그 새 자유

호랑이 담배피던 시절
자유라는 새가 있었대
이놈이 태어난 건 선악의 피안 수미산
쐐기풀만 먹어 몸이 시퍼렇게 변한 밀라레빠 같은
독(獨)이라는 원숭이가
뱉은 십년 묵은 가래였다지
자유가 한번 날면
사해가 솟구치고
은하수가 곤두박질쳤다니 얼마나 웅장했는지 몰라
하루는 그 새를 잡아탄 사람이
신인이 되어 알타이 지나 북극까지 날아갔다가
그만 그 새를 잃고 말았대
그 뒤로 북극엔 오로라가 생겼대
하지만 그 새가 날았을 때 뿌려진 깃털들이
다시 자유라는 새가 되어 날아다닌대
새를 잡으려면 가벼워야해
가벼우면 날 수 있대 북극까지
믿거나 말거나

이상한 이상하지 않은

웅크린 곰을 보고 곰이 무얼 하는 지
상상하는 건 너의 자유다
나는 너무 과대평가되었다
이름이라니 틀니 같은 것이다
벌거벗은 짐승들과 다를 바 없다
숭고도 영원도 개뿔이다
이상한 까마귀가 보는 세상은
개나 사람이나 풀이나 마찬가지다
죽은 것만이 의미가 있다
바둑을 두든 이스포츠를 하든
당신들의 게임엔 관심이 없다
학교를 팽개친 채 문방구 앞 쭈그리고
갤러그 하던 아이처럼
제 생에 골몰할 수 있다면
그것이 아무리 헛것이어도 진실이다
그렇지만 나는 너무 과대평가되었다
이상한 것은 이상하지 않고
이상하지 않은 것이 이상하다
웅크린 곰을 보고 곰이 무얼 하는 지
상상하는 건 너의 자유다

편향

나는 편향되었다
거울처럼 반사하고
선풍기처럼 내두른다
아무리 둘러봐도 극복할 수 없다
방안을 냉기로 가득 채운 에어컨도 사실
밖을 얼마나 뜨겁게 하는가
만인의 자유와 평등을 외치며
뭇 생명의 고통을 얼마나 방관하는가
바르게 걸을 수 없다
왼쪽 오른쪽 비틀거리며 걷는다
똑바로 걸을 수 없다
뜨거워진 머리 식히려 해도
난무하는 소문 속에서 사실을 구분하는 것도
진실을 발견하는 것도 어렵다
망자를 앞에 두고 매도와 비방이 진실이 된다
우리는 언제나 일방적이었다
핀셋으로 쌀과 모래알을 가리는 일
눈이 어두워 밤이 깊어 덮어놓고
다시 편향된다

청계천 숲에서

지난 밤 꿈에
청계천이었을까
이른 새벽 나는 유리알처럼 반짝이는 햇살을 받으며 산책했어
그런데 조르르 수달이 달려가는 거야
헐~ 놀라 보니
세줄 츄리닝 입은 아기 멧돼지들이 달려가고
상류 우거진 갈밭에 도요새 같기도 하고 학 같기도 한
새가 걸어왔어 숨을 죽이며 봤지
세상에나 그런데 타조보다 큰 새가 바로 내 옆을 지나는 거야
흰 깃털이며 부리부리한 눈이 얼마나 멋졌는지
나는 스마트폰을 들고 허둥댔지
도도새였을 거야 봉황새였을 지 몰라
네가 이 새를 보았더라면 뭐라 했을까
서천꽃밭 같이 우거진 청계천 숲
원숭이와 검치호랑이가 해바라기와 붓꽃이
흐드러진 사이를 산책하고 있었어
숲 그늘엔 보아구렁이가 있었는지도 몰라
아담이 있었는지도 몰라
에보리진이 말한
꿈의 시간이 이런 곳이구나 생각했어

정말 우리는 같이 살았던 거야
선조의 생명과 혹은 아직 태어나지 않은 생명과 사라진 생명과
사람들이 아직 잠든
청계천의 영롱한 새벽빛 속에서

무지개가 필요해

청군 백군 싸움처럼
채식주의자와 육식주의자의 소란처럼
빨갱이와 파랭이의 반목처럼
에나멜로 번쩍거리는
시속 백 킬로미터의 자동차들 말고
무지개가 필요해

삼색 무지개
오색 무지개
일곱 빛깔 무지개
열두 색 싸인펜이나 이십사 색 크레용 말고
햇살이 휘두르는 저 찬란한
빛의 산란을 사랑해

카멜레온의 슬픔과
문어의 고독을
환희로 채워줄 무지개가 필요해

나폴레옹도 모르는
잔 다르크도 모르는

거미줄 백열두 가닥의 꿈처럼
속눈썹 끝 만 갈래 갈라지는 그리움처럼
무지개가 필요해

하지만 무지개가 아닌지 몰라
식육점 접시 닦는 베트남 여자처럼
타일 붙이는 청년처럼
스마트폰 하는 아이처럼
그것은 무지개가 아닌지 몰라

10월 하늘을 가로질러 교정을 물들이는 단풍의 폭풍과
한순간의 탄성처럼
무지개는 무지개가 아니고

어쩌면 너인지 몰라
아닌지 몰라 그 눈부심은 거품처럼
허공인지 몰라

하지만 필요해
더 더 많은 무지개가

영월 창령사 터 오백나한

그네들은 그렇게 살고 있었다
사상도 이념도 없이 몸 부대끼며
달고 쓰고 신 얼굴들을 돌 보자기에 싸고
500년 전 그대로 웃고 있었다

무딘 정으로 무디게
암탉이 알을 쪼듯
그렇게 시간을 견뎠다

모래가 될 돌덩이가 저렇게 부드럽고 저렇게 따뜻할 수 있는
것은
사람이었기 때문이다
그 안에서 울고 웃었기 때문이다

홍건적이 쳐들어왔을 때도 왜놈이 쳐들어왔을 때도
동학년 전쟁 통에도 6.25의 지옥도 안에서도
입안에 모래알 물고 견뎠기 때문이다

중생이야말로 영원히 살아가는
보살이기 때문이다

우리 안에 이렇게
살다 죽기 때문이다

너그러운 신들

어쩌면 신이 아니라 신들인지 몰라
회관에 모인 할머니들처럼
더러는 눕고
화투를 치며 세상일을 잊은 지 몰라
전쟁이 터지고 악인이 판치고
무지에 사람들이 휩쓸려 다니더라도
그리하여 어린이가 죽고
가난에 착한 사람들이 고통을 받더라도

옛날엔 신이 너무 냉혹하다고 생각했어
하지만 너무 너그러운 것은 아닌 지 몰라
서리가 열매를 기다리지 않듯
북풍이 꽃에게 양보하지 않듯
온갖 실험들이 자행되고
모든 가능들이 난무해도

세상은 아직 아기인가봐
빅뱅으로 태어난 우리우주
이제 걸음마를 떼기 시작했는지 몰라
아이들은 스스로 크는 거라고

옛날 이야기 속 신선들처럼
저승 강가 소나무 밑에서 장기나 두고 있을 지 몰라

아무렴 어때
슬픔은 슬픔에게 맡겨야지
하찮은 인생이더라도
신들은 너그러우니까 다 알고 있을 테니까
아니면 영영 모를 테니까

뿌리혹박테리아의 사랑

보랏빛 등나무 꽃향기 폭포 쏟아지는
꿀벌 따가운 오후
강아지들 서성이는 벤치에서
여기저기
로댕의 성당처럼
넝쿨손들 오른돌이로 감아 오르는데
그 사이
꿀벌들 소란통에 떠밀려
햇살이 자꾸 튀었다
한 뼘 두 뼘 그늘 밖으로
기어가는 뿌리줄기 끝에 다시 돋는 새싹들
뿌리 마디마다 송글송글 맺히는
뿌리혹박테리아의
아, 사랑!

독일통일 30년, 우리는

벌써 30년이라니
1989년 텔레비전에서
독일시민들이 해머로 장벽을 허무는 걸 보았지
분단 장벽 저주하며 통일 염원하던 온갖 낙서들이
기념품이 되는 걸
시민들은 외쳤지 노래했지 통일은 지금 당장 하는 거라고

그 때 우리에게
기회가 없었던 건 아니야
누가 이 사람을 아시나요? 혈육의 생존도 모른 채
늙어버린 사람들이 사진 한 장 들고 나와
엄마 왜 나를 버렸어 형님아 니 우찌 살았노
통곡을 하고 그도 못한 사람들이
남북 이산가족상봉 번호표 붙들고 조마조마
기다리다 눈 감는 대신
그 때 우리는 명령을 해야 했어
문익환 목사가 평양을 방문하고
임수경 누나가 휴전선을 넘어오는 걸 따라서
우르르 몰려가 국경을 해체해야 했어
국민의 명령으로 지금 당장 통일을 해야 했어

통일은 지금 당장 하는 것이니까

대통령이 성명서를 읽고
미국이 허락해야 하는 게 아니야
멍청하게 전 국민이 트럼프의 허락을 기대했다니
또 거기에 실망했다니
통일이 대박이라는 천박한 구호에 모욕당해도 부족했던 거야
썩어버린 거야
그냥 당연한 권리인데 허락받아야 한다니
똥 누고 오줌 싸듯
엄마를 동생을 친구를 만나러 그냥 가는 건데
온 국민이 차를 몰고 자전거 타고 걸어서
그냥 훌쩍 넘어버려야 하는 건데

분단 칠순 팔순 말라비틀어지도록
국제 정세니 지정학적 문제니 연방이니 흡수니
대통령이니 핵이니 빨갱이니 국가보안법이니
온갖 핑계만 대고 있었던 거야
벼룩 간 빈대 심장으론 아무것도 못해
그건 국민이 아니라 버러지야
국가에 명령하지 못하는 국민은 국민이 아니야

어머니 만나러 동생 보러 친구와 놀러
끝내 못가 지금 당장 가지 못하면

개마고원 지나 백두산에 갈 수 없다면
어떻게 한민족이고
어떻게 이 땅의 주인이라고 하겠어
하지만 이제 통일을 당연히 해야 하는 거라고 생각하는
사람도 없어졌어
통일의 이유를 발명해야 할 지경이야
자기를 잊어버린 거야 잃어버린 거야

독일통일 30년, 그들은 위대했어
어떤 변명도 허용하지 않고
지금 당장 했기 때문이야
국민이 온몸으로
국가에 명령했기 때문이야

모시는 시인선 06

못과 숲

등록 1994.7.1 제1-1071
1쇄 발행 2022년 7월 15일

지은이   심규한
펴낸이   박길수
편집장   소경희
편 집   조영준
관 리   위현정
디자인   이주향
마케팅   조영준
펴낸곳   도서출판 모시는사람들
         03147 서울시 종로구 삼일대로 457 (경운동 수운회관) 1207호
전 화   02-735-7173, 02-737-7173 / 팩스 02-730-7173
홈페이지 http://www.mosinsaram.com/

인 쇄   (주)성광인쇄(031-942-4814)
배 본   문화유통북스(031-937-6100)

값은 뒤표지에 있습니다.
ISBN   979-11-6629-121-0   03810